震災のうた

1800日の心もよう

震災から3日たった気仙沼市内。津波で打ち上げられた大型船と火災で焼け落ちた家々＝2011年3月14日

はじめに　人間の魂の記録として

佐藤　通雅

私が「河北歌壇」の選を担当するようになったのは、一九八九(平成元)年からです。今年で二十七年目を迎えることになります。

この間、感銘を受ける作品にはいくつも出会ってきましたが、まさか投稿歌一枚一枚に涙し、嗚咽しながら読む日の来るとは、思ってもいませんでした。二〇一一年三月十一日を起点に、それが実際に起きました。「河北歌壇」は、しばらく休止状態になり、やっと再開できることになったのは、五月一日付からです。はたして皆さんは歌を作れる状態にあるのだろうか、常連の方々は無事だったのだろうかなどなど、気がかりでした。しかし週を重ねるにつれて、「待ってました」とばかりに次々と歌は寄せられ、しかもほとんどが濃密な震災詠でした。こちらもライフライン全てを喪失した被災者のひとり、乏しい灯りの下で、酷寒をこらえながら、一枚一枚に対面しました。はじめは、直接の被害を免れた方々の歌が多かったのですが、しだいに家屋や家族を失った方の作品も寄せられるようになりました。私は全国紙の歌壇にも目を配るようにしてきましたが、この期間の「河北歌壇」の作品は質の上でも量の上でも、飛び抜けて濃密なものでした。このように私が語っては、手前味噌《みそ》になってしまいそうですが、当時早稲田大学の学生だった原田莉佳《はらたりか》さんが、卒論「震災後、新聞歌壇はどのような役割を果たしたか」で、客観的な分析をしています。原田さんは二〇一一年三月から十二年四月までの、全国紙二紙と「河北新報」の歌壇欄全てに目を通し、動向を追いました。その結果、最も数が多く、しかも継続的なのは「河北歌壇」だというデータをまとめています。

当時、被災圏外からは「東北がんばれ」と同時に、「書くことは力だ」という激励がずいぶん寄せられました。どんな惨状に置かれようとも、書くことによって人は立ち直れるというのです。それに対して私には、最初から違和感がありました。こちらでは、一瞬にして万単位の生命が奪われ、際限なく広がる瓦礫《がれき》も、放射能の恐怖に脱出しようとする人々も、目の当たりにしています。この未曾有の事態に見合うことばは、ひとかけらも持っていないというのが、実感でした。私のみならず、被災圏の方々に共通する思いでした。

しかし同時に、私たちをとらえたのは、生き残ったものとして、未曾有の事態をなんとかして記しとどめたい、無念の犠牲者に寄り添い、語り残したことを代弁したいという、内から込み上げる思いでした。

ことばの無力、そして込み上げる思い、このふたつの狭間に立たされたとき、手持ちのことばを、短歌の定型にのせることによって表現が可能になるのだと気付いていったのです。多くの震災詠は、こうして生まれました。五年たち、数は少なくなってきたものの、まだまだ続いています。

今回、膨大な作品の中から、花山多佳子さんと共に約六五〇首を選出し、一冊の歌集としてまとめることができました。被災圏の記録としてはもちろん、分野を越えて、人間の魂の記録としても読み継がれることを願ってやみません。

目次

- はじめに　人間の魂の記録として　佐藤　通雅 ……… 3
- 2011年 ……… 8
- 2012年 ……… 73
- 2013年 ……… 111
- 2014年 ……… 129
- 2015年 ……… 148
- 2016年 ……… 168

二人の略歴 …………	180
人名索引 ………	190
あとがき　花山多佳子 ………	191

２０１１年

避難所にいますと赤い旗立てて一軒二軒と人消えてゆく
渋谷　史恵　多賀城市

長きこと列に加わり手に入れしバナナ抱きて孫尋ねくる
太田　俊彦　仙台市太白区

給水まつ長蛇の列の八時間いのちを繋ぐ五リットルの水
早坂佐智子　大崎市

不随身に列島揺るがす大地震冥土の土産と先ずは決めたり
菊地　亮　角田市

地震・津波荒れし瓦礫の町中に生きて他人《ひと》との絆を深む
山田　庸備　角田市

大震災驚きの声あげ庇いつつ乱れを直し雁渡りゆく
児玉ちえ子　宮城県大郷町

友捜し海沿いの街彷徨《さまよ》うも人一人見ず廃墟あとにす
矢内　長吉　宮城県柴田町

ふふふふと笑みかけるよな微震にもさっと身構え身辺窺う
天野　良子　栗原市

息子《こ》を探す被災者よりのメール読むアナウンサーの声の潤みぬ
大澤　庸子　　仙台市太白区

震災の見舞と電話で孫唄ふ曲はやっぱり「森のくまさん」
沢村　柳子　　仙台市太白区

浜沿いの防潮林は流されて曇れる空の遠くまで見ゆ
桜井　忠二　　岩沼市

つかへたり読み違へたり時に絶句アナウンサーの〝人〟に共感
武藤　敏子　　仙台市青葉区

ろうそくを灯して災害ニュース聴く揺らぐ炎を両手《もろて》に庇ひて
佐藤　繁　栗原市

戦争に戦後今日まで生かされて体験せぬこと「死」のみになりぬ
安田　貞夫　仙台市太白区

杖の先ヨロヨロヨロヨロと安置所へメモ左手に急ぐ老い人
須藤智恵子　仙台市太白区

手をつなぐことなく過ぎし六十二年その手をつなぎ外に逃れき
永澤よう子　仙台市宮城野区

並ぶこと自衛隊風呂臭うドロいろいろ慣れて明日から四月
工藤　幸子　石巻市

降り続くま白き雪は震災を知るよしもなく傷跡隠す
堀田　眞澄　仙台市太白区

焼きたての食パン棚に並べられ立ち上がる一歩ここからも貰ふ
根本由紀子　宮城県富谷町

無事ですか電話する娘も母親も揺れつづけてる余震の中で
大庭　良子　白石市

生き残りごめんなさいと言う祖父に強く頭《かぶり》ふるテレビを見つつ
西村登喜子　大崎市

半月の出来事すべて夢であれ自衛隊風呂のシャボンの匂い
工藤　幸子　石巻市

ストーブのうえのやかんは湯気をだしそこだけほっとしている感じ
三角　清造　仙台市泉区

買い出しの列に並びて入店を待つ間の空をヘリ三機ゆく
森　葉子　仙台市青葉区

震度「六強」床上浸水泥まみれの昭和万葉集全巻さらば

阿部　妙子　　石巻市

大地震に不通となりし鉄道のレールの赤錆《さび》の果てなく続く

堀井　廣　　大崎市

長時間並びて求めしガソリンで百キロ離れし故郷へ急ぐ

渡辺　恒男　　宮城県美里町

また余震ローソクを消し外に出て星空眺めわれを忘れる

藤原　賢　　栗原市

これが異動・合格発表だったらと教え子の名前見つけ涙こぼるる
菅野　玲子　名取市

大揺れのレジは動かず会計が出来ねば品物戻し帰りぬ
雫石くら子　宮城県大郷町

思いっきり大阪弁にて元気よく次々にガス栓開けてゆきたり
渋谷　史恵　多賀城市

十一日で止まりし日付けと日直を丁寧に消し職を退く
林　静江　仙台市若林区

避難所に自家発電の音ひびき闇の街なか一角照らす
野村しげ子　栗原市

がれきからアルバム出れば素手となり土払いくれし自衛隊員
西村登喜子　大崎市

新築せし生家は津波に壊されて主の甥は遺体で見つかる
渡辺　恒男　宮城県美里町

少しずつああ少しずつ戻りゆく洗濯できるお米が買える
村岡美知子　仙台市青葉区

わが前の客にて灯油売切れぬ空《から》の容器に霙しき降る
湯沢　睦茂　仙台市青葉区

原発の避難区域は人去りて丸腰の牛四頭が行く
天野　良子　栗原市

余震きて暗い戸外へとび出せば揺れ伝わるか星瞬けり
西村登喜子　大崎市

大地震《なゐ》にゆられし脳はとめどなくさまよふごとく思考が狂ふ
石の森市朗　石巻市

若からぬ母と娘が息合はせて水含みたる畳を運ぶ

箕田　朗子　石巻市

復旧の作業に向かう大阪の車に妻が両手を合わす

小野寺健二　仙台市青葉区

備蓄せし桃缶開けてふた切れを灯《ともし》の中で六つに分ける

石川　初子　仙台市青葉区

一口に瓦礫と言うが人々の日々の暮らしが嬉々と波打つ

畠山　正博　仙台市太白区

防護服纏い作業する我が子から今日も無事だと毎夜電話《テル》あり
小野寺洋子　大崎市

津波にも耐へし桜につぼみありざつくり枝の折れしままにて
中沢みつゑ　石巻市

荒浜の家が燃えてる流される六本木通りのテレビの衝撃
渋谷　康子　仙台市青葉区

妻の名をこころに叫びさがしいる巨大津波の瓦礫のなかを
石の森市朗　石巻市

給水車待つ行列にいさかいが人も雪をも巻き込みてゆく

薄井慈恵子　多賀城市

生き残る牛十四頭豚五匹加美農校舎移住したらし

岩片　啓子　仙台市青葉区

裏山に逃れてふるさと見下ろせば流れし屋根に助けてーと叫ぶ

阿部　修久　宮城県山元町

スーパーの味が家庭の味となり消息知らせ合ふもスーパー

高橋　岑夫　大仙市

海水の塩分のこるわが庭にスズメノカタビラこぞり芽を出す
桜井　忠二　　岩沼市

海なれば母とおもいて来しものを憎悪のごときが心を過《よ》ぎる
渡辺　信昭　　宮城県柴田町

大地震に倒れし墓石そのままに香焚く人の言葉すくなし
野村しげ子　　栗原市

被災者の四人加わり八人の箸先光るろうそくの灯に
尾形みつ子　　気仙沼市

濁流に胸まで浸かり年金証書頭に載せてひたすら逃げる
庄司　邦生　石巻市

轟音でヘリ戻りくる市の広場遺体百体体育館にあり
大宮　徳男　岩沼市

海があり田畑もありて絆ある我が東北は永久のふるさと
吉田　協一　仙台市青葉区

前世とは震災前の世にてあらむうつつの被災地に咲く山ざくら
畠山みな子　仙台市泉区

わが命つながん缶詰一個のみついに缶切りブッとさしぬ
加藤ちかさ　栗原市

大津波魚市場も家屋も呑み込みぬ「助けて」の声耳より去らず
安藤　明子　気仙沼市

ダンボールの仕切りせつなし避難所は絆断ちつつ絆求めて
庄司　誠之　仙台市宮城野区

流されて避難所暮しに孫のふみ「職きまったよ」くりかえし読む
山内　亮　奥州市

三日ぶり息子の無事を知りしとき振りさけ見たる空青かりき

庄司　邦生　　石巻市

雲ひくく夕茜するひとところ慟哭と祈りの阿修羅の翳あり

遠藤　富男　　仙台市若林区

津波後に離農と決めし人々の無念緊緊《ひしひし》と畑に種子播く

千葉　修子　　宮城県色麻町

「私は大丈夫だから」留守電に家流されし友の声残る

照井眞知子　　仙台市青葉区

チャンネルを替えても替えても大津波波の音なく潮の臭いなく
大宮　徳男　岩沼市

津波引き泥より出でし蕗の薹そこのみ春かみどり鮮《あたら》し
庄司　邦生　石巻市

三陸はほぼ壊滅とラジオからその大津波階下に来てる
木村　譲　石巻市

ミニカーを並べたる後寄せ集め津波が来たと幼子遊ぶ
照井眞知子　仙台市青葉区

食べる食べる幼子は地震《ない》の後わが身守らんとするがごとくに
村岡美知子　仙台市青葉区

掌の温み濁流《みづ》に消されてしまひけりははそはの母離れゆきたり
石の森市朗　石巻市

海を見て暮らす幸せ言いたりき友はその波にのまれてしまいぬ
狩野ますみ　仙台市若林区

力尽きて逝きし兄やもその遺体発見場所は非常階段という
熊谷たかよ　登米市

気をつけて、あの朝母さん言ったよね　殉職せし息子《こ》の柩に叫ぶ
大友　英子　仙台市宮城野区

ポケットに砂いっぱいに残されし兄の遺品のジャケット洗う
熊谷たかよ　登米市

乗り上げし船よけ走る車たち陸を走れるものの小ささ
渋谷　史恵　多賀城市

うかうかと海に近づきすぎながら暮らしていることみな忘れてた
北沢　松子　気仙沼市

泥んこをくわえて巣作る燕たち安全だろうか原発の地は
星　三男　仙台市泉区

原発の立入禁止の内にあり波が攫ひし友の住所は
沢村　柳子　仙台市太白区

福島へ笑顔で帰りし息子《こ》は部屋に被曝安全表をピン止めしてをり
和田　瑞之　仙台市宮城野区

わが生死しばし取沙汰されいしをひとの葬儀に行きて知りたり
北沢　松子　気仙沼市

身に堪《こた》ふる水の重さよ米五合研ぎて忽ち尽くる給水

阿部　瑞枝　　多賀城市

いつまでもひるんでばかりいられない手薬煉《てぐすね》ひいて田圃が待ってる

阿部　修久　　宮城県山元町

呵責なく日は打ち過ぎぬ丸時計無人の駅を静かに刻む

坂下迦代子　　仙台市若林区

花が咲き空が晴れてもあの日より心に皮膜はりついてをり

斉藤　栄子　　石巻市

見上げれば雲雀さへずる空のあり仮設住宅予定地のうへ

小野　寛明　　宮城県亘理町

椿見に来たる客人我が庭の放射線量測りくれたり

佐藤　清吉　　角田市

こんなにも軽いものとはしらずして車は波にふわりと浮きぬ

石の森市朗　　石巻市

一歳の初孫失いし同僚と断水の中昼食を食ぶ

玉田　健一　　塩釜市

「しんさい」は「せんさい」と一字の差異ながら憎むべき者なき幸《さいわい》よ
北沢　松子　気仙沼市

その昔境界争いしたる田も無情に津波過去を消し去る
島田啓三郎　宮城県大河原町

悪夢なら覚めよとめぐる安置所に姉の遺体の柩にまみえぬ
半澤　里子　宮城県亘理町

一生にわづか二歳の幼子と八十路のわれと遭ふ震度7
堀井　廣　大崎市

波にのまる幼き妹の卒園式に一人助かる兄が代理す
野村　良子　東松島市

死亡者名左右面より迫り来て無念の声声押し寄するごと
須藤智恵子　仙台市太白区

山吹の花咲く山路登り来て合同葬儀の列に加わる
島田啓三郎　宮城県山元町

大正の震災の年に生れし義姉この震災の年に逝き給う
狩野ますみ　仙台市若林区

避難所のラジオ体操第一は顔に両腕をこするよう廻す
山内　亮　奥州市

みおさめとなるかも知れぬふるさとの潮の匂いを胸ふかく吸う
石の森市朗　石巻市

その答え恐るるあまり旧友の津波の安否を日をおきて問う
狩野ますみ　仙台市若林区

子ども等を守りし校舎みな去りて瓦礫の中にぽつんと立てり
土生　博子　仙台市青葉区

被災地に住めども我は被災せず避難所の前足早に過ぐ
小畑恵美子　多賀城市

もはや人は故郷の町の断片を引き寄する如く潮風をかぐ
千葉かの子　仙台市宮城野区

カラオケを共に歌いきスタッフの三人が流されし海辺の宿の
狩野ますみ　仙台市若林区

「ふくしま」という名のいじめに負けぬよう強く生きよと二歳の孫に
小野寺洋子　大崎市

政争の呆れたニュース見ていれば生きるという意味汚されていく
千葉かの子　仙台市宮城野区

少しずつ瓦礫片づく田の端に破船転がる船名向けて
栗原みな子　仙台市太白区

拳骨で拭う涙の塩鹹《しおから》さ生きてある身の申しわけなき
佐藤　久嘉　多賀城市

踏切に錆びて無言の威厳ありしばしの不通は廃止にあらず
木村　譲　石巻市

地の揺れる二、三秒前啼く雉子に神は如何なる耳を授けし

鎌田　一尾　宮城県山元町

夕去れば被災奉仕者帰る刻弥生は春ならず霙雪ふる

横山みわ子　石巻市

避難所で父亡くしたる子と将棋勝ちたる吾に悔が残りぬ

島田啓三郎　宮城県山元町

「逃げないよ仏のお迎えここで待つ」避難こばみし媼何処へ

大宮　徳男　岩沼市

人か風かカーテンかすかに揺るるのみ「危険」と貼り紙されたる家に

武藤　敏子　　仙台市青葉区

避難所の仮設トイレの遠かりき雪降る夜の列の後《うしろ》に

みやちちえこ　　仙台市宮城野区

携帯に「モウガンバレナイ」と送信し退学きめし子は旅に出《い》ず

大宮　徳男　　岩沼市

ふり返り里の田畑に頭下ぐ嫗を待って避難バス発つ

佐藤　　好　　埼玉県幸手市

朝もやの深き桜の並木路津波のゴミをつけしまま咲く

米倉　信子　気仙沼市

胸に抱く亡き娘《こ》の骨の温もりにおさな日顕ちて涙あふるる

内海おり子　石巻市

百か日合同供養に向かうバス近づくにつれ口数少なく

早坂　保文　仙台市青葉区

「さようなら我家」と壁に書かれあり海近くやや傾きし家

西村登喜子　大崎市

歌詠まむ心も折れて道に立つ街消え友逝き遠く海鳴り
大宮　徳男　岩沼市

返品のきかぬ余震は夜も昼も飽かず訪い来て爪を立てをり
菊池　敏　角田市

彼奴らも津波の被害うけたるや恨むがごとく牛蛙なく
桜井　忠二　岩沼市

この人も無事だったのかと擦れ違うしばらくぶりの朝の散歩に
庄司　邦生　石巻市

田や畑津波引かねば海かとも紛ふ鷗の影をさびしむ
大友みつ江　岩沼市

不明者のなお多くして湾内をヘリは旋回し時に低く飛ぶ
柴谷　芳秋　仙台市太白区

生きねばと仮設の隣り荒地借り季節後れの野菜種まく
島田啓三郎　宮城県山元町

被災地を動かず居たか蝸牛ならば一緒だゆくぞでんでん
佐藤　久嘉　多賀城市

灰色から先ず脱せよと紫陽花はライトブルーに街を色取る
小野寺敦子　気仙沼市

君までも逃げ切れずして逝くなんて弔辞途切れる涙の葬儀
飯坂　令子　宮城県富谷町

こんな時何かをせねば耐えられず針箱出して縫い物はじむ
吉田なかよ　仙台市宮城野区

ひとりまたひとり増えゆく夏至の路地「被災証明もらへるさうよ」
根本由紀子　宮城県富谷町

火葬に付せどＤＮＡの鑑定が済むまで義兄は半ば義兄なり

渡辺　恒男　　宮城県美里町

「がんばろう」「強い国日本」くりかえしテレビは言うがどうすりゃいいの

庄司　邦生　　石巻市

津波より生還したる妻ねむる寝息ききつつ布団をかける

石の森市朗　　石巻市

母さおり幼児二人「颪音」「波音」津波の浜にかけろいて来《こ》よ

阿部　和子　　石巻市

目に見えぬものの降りくることなどをひと時忘る水色《みづ》の夏空

相澤　豊子　仙台市宮城野区

差別なく生命を奪う原発をひとがつくりて人が逃げゆく

勝田　信　北上市

遠く見る仮設住宅灯が点り御伽の国が闇夜に浮かぶ

島田啓三郎　宮城県山元町

震災の瓦礫を積んだダンプカー月の砂漠を列なすように

石の森市朗　石巻市

生と死は紙一重なりうすずみの空に一条茜がのこる

今野　了介　　仙台市宮城野区

日赤にひっきりなしの救急車津波の街がはこばれてくる

石の森市朗　　石巻市

語らずに被災の苦悩抱え歩く老いの重たさ影法師まで

千葉かの子　　仙台市宮城野区

きっと又良い日もあると信じつつ残された孫に行ってらっしゃい

阿部　敬子　　石巻市

六点の電化製品いただきて借上アパートもありがたきかな
島袋　常子　石巻市

ひさびさに団地に響く槌の音青のシートのひとつが消えぬ
吉田　協一　仙台市青葉区

病む夫にも大震災は襲い来る雪の中力の限り車椅子押す
みやちちえこ　仙台市宮城野区

「ま」のつくはマイクロシーベルトしりとりに幼き孫の澱みなく言ふ
照井眞知子　仙台市青葉区

みしみしと家はその身を軋ませて遠くの地震《ない》に応えいるらし
松原　悠子　仙台市泉区

何事も無かったような高速路悲しみ乗せた車行き交う
岩渕　安正　石巻市

地割れせし川岸覆うブルーシート切れ目切れ目に野ばらの白し
大宮　徳男　岩沼市

肩までの柱に残る津波跡見たくもなしヤスリで磨《こす》りぬ
津田　調作　石巻市

そのむかし蝿とりリボンを使いしはいつ頃までか　きょう買い求む

庄司　邦生　石巻市

貧農に生まれし吾を哀れむか貧富の差無き仮設給る

島田啓三郎　宮城県山元町

震災ごみ撤去されたる公園に子らの戻りて西日が包む

村岡美知子　仙台市青葉区

この世にて切なきことの一つなり逆縁の娘《こ》の墓を洗うも

内海おり子　石巻市

あの日より前に歩めぬ弱き母を許して欲しいと亡き息子《こ》に詫びる
大友　英子　仙台市宮城野区

母に似る媼のありて避難所に手の甲なでつつ話し聞きをり
熊谷たかよ　登米市

若布煮る浜に湯けむりあがるころ村は津波に壊滅したる
石の森市朗　石巻市

疎開にと建てし実家もつひにこの津波に六十余年を閉じぬ
中沢みつゑ　石巻市

かたづけば浜ごとに見る集落のあっけらかんと海に向いてる
木村　譲　石巻市

還暦の同級会に招かれしホテルに被災の子らも集えり
渡辺　恒男　宮城県美里町

新築の図面示して仙台にはもう戻らぬと決めたりと吾子
照井眞知子　仙台市青葉区

3月10日しづかに引つ越しせし人の行方の知れず人波をゆく
伊藤　俊雄　仙台市青葉区

土台のみ残りし写真持参せる友の悲しみ息詰めて聞く
太田　俊彦　仙台市太白区

津波引き折角生えた草なのにどうして取るのとひ孫言うなり
荒井千鶴子　仙台市宮城野区

隣家は西へ我が家は北へ行く祖父ら紡いだ絆《いと》切れる町角
佐藤　好　埼玉県幸手市

流されし田畑を知らず草取りに行くとせがみぬ痴呆の妻は
島田啓三郎　宮城県山元町

まれにみる良港なりしと人の云う災害ののち入る船も無く
増田　邦夫　大船渡市

にっぽんの国に生まれてシーベルトを知らぬ人無しよろこぶべきや
湯沢　睦茂　仙台市青葉区

子ら居らぬ児童公園ゆっくりと過《よ》ぎる猫おり除染未だし
大宮　徳男　岩沼市

励ましの言葉ですよね「頑張ろう」はテレビ画面に耐えられず切る
金子武次郎　仙台市青葉区

折れそうな心かかえて今日もゆく旧友《とも》の遺体をさがす被災地

石の森市朗　石巻市

蘆原に地震の瓦礫の積み置かれ葭切の声の遂ぞ聞かれぬ

中居　光男　仙台市青葉区

潮騒も潮の香もなく新幹線の傍に建てられし仮設住宅

柴谷　芳秋　仙台市太白区

盆迎え墓の掃除もままならぬ原発被害は祖先に及ぶ

岩渕　安正　石巻市

雪の中避難所に来て五カ月経ち猛暑の中の避難所にいる
金子武次郎　仙台市青葉区

ああ夏か蝉の声にてふと思う津波に季節《とき》を消され生き来て
津田　調作　石巻市

鎮魂の祭りの山車《だし》が影引きてガレキの街を海へと向かふ
畠山みな子　仙台市泉区

怪鳥が現れたような重機群首をかしげてガレキくわえる
佐々原幸子　登米市

空襲の跡は一面焼野原豊かな今は燃えない瓦礫
安田　貞夫　仙台市太白区

久々に被災地に住む娘来て「普通がいい」と繰り返し言う
佐藤　博子　宮城県富谷町

節電か窓あけ明かりなき部屋に少女の笑う声のみしおり
高橋　友行　仙台市宮城野区

逝きし霊弔うごとく鬼灯の色づき初めぬ仮設の里にも
阿部　修久　宮城県山元町

箒草ブルーシートの裂け目より青くのびるを庭あとと見つ
佐々木隆子　大崎市

被災地を眼にとどめると孫きたり作文に書き皆に知らすと
鈴木セイ子　宮城県山元町

被災せし八十歳になる漁師三百万かけ船買ふと言ふ
早坂　保文　仙台市青葉区

ふとあれは夢だったかと錯覚す日めくりめくるもあの日ははがれず
千葉かの子　仙台市宮城野区

光太郎・治も賢治も晩翠も知らずに眠る東北《きた》の惨劇
菊池　敏　角田市

もう此処に主は居らぬと解体の済みし更地にくい打ちてあり
石橋　睦子　石巻市

異郷の地訪ねるがごとおずおずと仮設にうからの標札確かむ
阿部　わき　塩釜市

セーラーの後姿の高校生この坂越えて仮設にむかう
尾形みつ子　気仙沼市

赤錆びし梁に吊られし泥色のカーテンはためく海風吹けば
沢村　柳子　仙台市太白区

瓦礫掘る重機のエンジン切りてよりひと日は終り雨となりたる
石の森市朗　石巻市

まだ沖に瓦礫有るらし荒れる日は岩場の陰に大量の泡浮く
金野　友治　仙台市宮城野区

六月《むつき》経てなしてなしてと問う刎れ横向く墓の彼岸の入り日
大澤　吉雄　気仙沼市

マグロ船失いし漁師は声太く大しけ津波を具《つぶさ》に語る
杉山　啓治　東松島市

なにするというあてもなき仮設《かせつ》住宅より涼みに出でて秋風にあう
石の森市朗　石巻市

町長の髭はすっきり剃られたり千余の仮設入居終りて
鎌田　一尾　宮城県山元町

傷ついた船腹を見せ横たはる第五蔵王丸県道沿いに
沢村　柳子　仙台市太白区

鳥取のボランティア青年に背負はれて避難所出でしあの時忘れじ

島袋　常子　石巻市

生かされし思ひを強め立ち仰ぐ空一面は夏の旗雲

平島　祝子　塩釜市

級友の葬儀に行けば中学の友そのままの娘さんらし

中沢みつゑ　石巻市

三ヶ月経ても不明なる姪と児らの荼毘《だび》の日決まる水無月の末と

松川　友子　石巻市

我々をインターネットで探したと勢い込んで避難所に来る
高野　和子　仙台市若林区

はや六月おもかげもとめ町ゆけば海水みちて川のごとしも
小山富太郎　気仙沼市

ぽっかりと障子にあいた穴一つ避難の地への孫ら見送る
堀井　廣　大崎市

吹く風は涼しくなれど被災地の瓦礫の山より湯気立ち上る
金野　友治　仙台市宮城野区

セシウムを洗ひし水の行く末を気にかけながら茸を洗ふ
吉田　協一　仙台市青葉区

高層棟のノンストップのエレベーター震災の街を見る見る晒す
伊藤　俊雄　仙台市青葉区

確実にこの目で逢うまで遺体とは言えずと半年家族待つ君
遠藤　富男　仙台市若林区

復興の確か見届け紫陽花は彩《いろ》ふかめつつ町を労う
小野寺敦子　気仙沼市

仮設村夜の九時には静まりて自販機のみが光を放つ

島田啓三郎　宮城県山元町

放射能あるとは見えぬ青い空運動会は屋体走る

二ノ神武志　登米市

二階だけの我が家の舟は引き波にゆっくり手を振りみなさんさよなら

阿部　岳人　石巻市

海猿と呼ばれる孫は潜水士今も三陸で遺体を捜す

小野寺典子　登米市

仙台へ高速バスで月一度行くたび山の削られてをり
遠藤　克子　大崎市

「なんだ」「なんだこりゃ」「なんだよこれは」ウソだろ瓦礫ばかりのふるさと
石の森市朗　石巻市

津波《なみ》に生き破傷風にて死す友を瓦礫の中の寺に見送る
阿部　和子　石巻市

おばあちゃん森の熊さん放射能あびてないか?と幼は問ふも
須郷　柏　宮城県丸森町

帰国の度孫の訪い来し故郷も津波に消えぬ家も校舎も
高橋　文子　大崎市

近々に出漁するらしサンマ船仮設ドックの槌の音聞けば
中村　昇　仙台市泉区

人のなく蓬の黒く枯れ果てぬ南相馬は晴れて透けるに
菊地　亮　角田市

鎮魂の青き「こいのぼり」見上げおり幼き子等の逝きし蒼天
大宮　徳男　岩沼市

計らずも父の遺産の東電の株価細りて二十分の一
安田　貞夫　仙台市太白区

七ケ月ＤＮＡでわが婦《つま》はやうやくうちに還りつきたり
山内　亮　宮城県南三陸町

新仏どっと来たりて天国は地震の話で眠る暇なし
島田啓三郎　宮城県山元町

仮設にて行き合う人に思わずに深く御辞儀す被災なきわれ
阿部　わき　塩釜市

光速より速き速度のありという願わくは戻せあの日以前に
庄司　誠之　仙台市宮城野区

忘れえぬ人あつてなほ叶ふなら夢で逢ひたし告げることあれば
中村　昇　仙台市泉区

かにかくに放射能汚染免れて安らう峡田は月光のなか
千葉　修子　宮城県色麻町

朝毎に瓦礫の山を通り抜け市場に向う　やっぱり港
安藤　明子　気仙沼市

深沼への道筋にある狐塚波は除けしやぽつんと残る
阿部　わき　塩釜市

二組の身内の葬終え節目とす四人の遺影は穏かなりし
渡辺　恒男　宮城県美里町

いつもなら香りの溢れ来る頃ぞ津波で枯れし木犀の立つ
加藤たろう　仙台市宮城野区

仮設住宅の道隔てれば住宅街ガレージに庭にベランダがある
渋谷　史恵　多賀城市

勤行のように朝毎線量の地図を切り抜きもはや十月
内海　及　宇都宮市

放射能に色あるならば高く澄む吾が上空は何色に染まる
林　静江　仙台市若林区

あの星の下に避難の孫ら住む方位定めて夜な夜な偲ぶ
堀井　廣　大崎市

「ありがとう」「たのしかったよ」の文字残し児らなき校舎　潮風抜ける
三浦　恭夫　多賀城市

放映の津波に涙しておればどこが痛むと孫が揺さぶる
高橋とし子　仙台市青葉区

大津波に呑まれて逝きし初孫に入学祝いのカバンを供えん
中山くに子　石巻市

被災犬別れし人に似てるのか視線の先はいつも夫なり
鈴木セイ子　宮城県山元町

今秋は稲藁ほしいの声かからない田掘りのトラクター黙々と鋤込む
児玉ちえ子　宮城県大郷町

被災後の跡地巡りの観光かバス連なりて海沿い走る
昆野　克恵　気仙沼市

五百台の被災のバイクが校庭に山と積まれて木枯らしの吹く
金野　友治　仙台市宮城野区

なきがらの見つからざればその浜の砂を骨とし手厚く葬る
及川　良子　登米市

川沿いの休耕田に捨てられし案山子を遺体のごとく運びぬ
星川　滉一　仙台市青葉区

喧嘩などしたことないと云いし人仮設に二人の遺影がならぶ

門間　千秋　　石巻市

降り積もる雪が津波の痕跡をうっすらと覆う。厳寒の中で遺体が捜索隊によって運ばれていく＝2011 年 3 月 16 日、宮城県南三陸町

2012年

給水の列で出会いし知り人は妻子流されしを一言いいぬ
上遠野節子　宮城県山元町

このあたりかつて仕事のエリアなり跡形もなくサラ地となりぬ
中沢みつゑ　石巻市

復興を苺に期待するを知り蜜蜂たちは必死に動く
島田啓三郎　宮城県山元町

浜の老母家に籠もるは厭だとて瓦礫拾いの日雇いへ行く
大内　晋次　角田市

ボード肩に冬日散らしてサーファーは瓦礫の山の影より現わる
小畑恵美子　多賀城市

船は畑、漁夫は仮設に三日月の照らす寒夜はいよよ更けゆく
庄司　誠之　仙台市宮城野区

母と家を失いましたと面接の少年の眼黒く動かず
石澤よしえ　宮城県亘理町

日々とどく喪中葉書の文面は複数の名前記されており
早坂　保文　仙台市青葉区

津波潮被りしバッグや和箪笥は閉じたる貝のごとくなりたり
昆野　克恵　気仙沼市

「大川小」の文字目にするとき教師らの判断責め得ず元教師の吾は
遠藤　富男　仙台市若林区

穢れなき水を集めて阿武隈は海の殺意を日毎鎮める
島田啓三郎　宮城県山元町

「この通り」語気を強めて検査書を示し農夫は林檎を詰める
大内　晋次　角田市

なにかしらあの日の事を語りたく思いしか月我を見下ろしぬ
吉田なかよ　仙台市宮城野区

夕焼が星空となる山畑に出荷停止のリンゴうめゆく
須郷　柏　宮城県丸森町

ああそうか、寒き目覚めに識らさるる一間《ひとま》の借家に成りてつごもり
大澤　吉雄　気仙沼市

電力の株主総会否決せり被害者望む脱原発を
勝田　信　北上市

古希祝う同級会の話未だ犠牲となりしは七名もいて
中沢みつゑ　石巻市

被災地の更地とされし宅地跡それぞれに土の色の異なる
渡辺　恒男　宮城県美里町

津波にて逝きし教え子夢に遇い「ここに居たの?」と声かけて覚む
岩間　初代　宮城県柴田町

追悼会さくら咲く頃開くとふ未だ不明の友よ何処に
飯坂　令子　宮城県富谷町

きらきらと光る水面は被災地の除塩のために水張る田んぼ
小林　水明　仙台市太白区

被災地より届けられたる復興の蕾のやうなガレキのペンダント
畠山みな子　仙台市泉区

急がれる復興担う塗装工「あったけえな」とコーヒー缶握る
山家　洋子　仙台市若林区

野に山に仮設村にも雪がふる里の椿よもっと赤く咲け
鈴木セイ子　宮城県山元町

三・一一脳裡はなれず海迫り還らぬ人に声かけ通る
及川やよ子　気仙沼市

厳かに御魂見送る万灯会生きてある身を赦せと灯す
佐藤　久嘉　多賀城市

塩を抜く水嬉々として田に向う春待つ農夫《ひと》はじっと水見る
佐藤　宗男　宮城県山元町

遙かなる相馬の空はあの辺り帰りたくとも帰れぬふるさと
阿部　修久　宮城県山元町

先生になってくるねと卒業式手を振りし孫の校舎全壊に
高橋　文子　大崎市

この笑顔《かお》で俺等は励まし貰ったと亡き息子《こ》の親友《とも》は遺影に呟く
大友　英子　仙台市宮城野区

ブルドーザーずかずかと来て百年の母校の土を剥がし始める
須郷　柏　宮城県丸森町

にげる際妻が最後に着せくれたジャンパー一枚あとまで残す
山内　亮　宮城県南三陸町

瓦礫の山昨日より少し低ければ日ざしが強く仮設に届く
佐藤　時雄　奥州市

父母の写真なきかと訪れきし友の子ありき津波後三月
中山くに子　石巻市

原発の事故に農業捨てますか聞かれているかのような難問
佐々木隆子　大崎市

家たたみ宅地ならして去り行けり津波をしおに離るる人ら
桜井　忠二　岩沼市

「忘れたい」と「忘れたくない」がぶつかってどこまでも青い三月の空
河野　大地　仙台市太白区

震災の驚愕悲嘆泥涙吸いしコートを押し洗いする
加藤美貴子　気仙沼市

娘《こ》の末を思えば住所書き難しと避難区域の人ら語りき
桜井　忠二　岩沼市

流されし踏切なれど右足は咄嗟に動きブレーキを踏む
鎌田　一尾　宮城県山元町

防波堤崩れし港大船渡見舞に来しかオットセイ浮かぶ
庄司　誠之　仙台市宮城野区

変り果てた町となりしもカーナビは津波で消えた店へと案内す
柴谷　芳秋　仙台市太白区

春分の近づく路地はきらきらしこの地で始まる除染を待てり
豊岡　浩一　角田市

断捨離を心にかけておりにしが全て津波が浚いゆきたり
昆野　克恵　気仙沼市

新たなる星の煌めきあの人ぞ弥生の空から吾に問いくる

高橋　冠　石巻市

雪積る瓦礫の先の港には雪より白き真新らしき船

鎌田　一尾　宮城県山元町

鶺鴒が歩み忙《せわ》しく朝毎に仮設店舗の機嫌を覗く

安藤　明子　気仙沼市

被災後は罷めむと思いし生業をのっぴきならぬ決意《おもい》が起たしむ

庄司　誠之　仙台市宮城野区

解体し更地四角に並ぶ町槌音もせず近づくあの日
三浦　恭夫　多賀城市

水道水白くにごれり原発と関わりなきやと媼は問うも
桜井　忠二　岩沼市

水底にイヌフグリの花揺らしつつ除塩の水は田の面溢るる
大宮　徳男　岩沼市

ふきのとう土筆にたらの芽食べられず春の味覚は奪われにけり
渡辺　信昭　宮城県柴田町

彼岸会に行き交う人々《ひと》は香の中時間《とき》は緩《ゆる》りと七日過ぎ行く
佐々木和子　東松島市

この海を捲れば消えた町がある瞬きやまぬ歩行者信号
深町　一夫　宮城県富谷町

新聞に亡くなった人の名が十面も戦争じゃない津波の仕業
中津川シゲ子　仙台市太白区

この花の香りを嗅いで出て来いと不明の子等に母は切なく
高橋　冠　石巻市

シーベルトの数字記され貸菜園の継続書類送られて来つ
畠山みな子　仙台市泉区

海底《うな》をひっかく津波にプランクトン殖えてまろまろ太る牡蠣の身
内海おり子　石巻市

亡き吾娘《あこ》を詠わんとして往き泥《なず》む先にこころがそぼ濡るるゆえ
内海おり子　石巻市

3・11明けて12となりし日の山やわらかに朝靄を吐く
坂下迦代子　仙台市若林区

昔日の「慰問」を想ふ次々とわが被災地へ歌舞の群々

平島　祝子　塩釜市

不夜城に酔い痴れる街無人の町送電線は差別も送る

大澤　吉雄　気仙沼市

この海と父と家族が好きだから船に乗るよと孫卒業す

石の森市朗　石巻市

軽自動車のうへに釣舟かさなりし形のままに月日ながれぬ

相澤　豊子　仙台市宮城野区

帰りたい避難の宿に目覚めては浪江を偲ぶふるさとだから
佐藤　好　埼玉県幸手市

体内の水分のすべてが枯れるまで泣きつづけたし妻の柩に
川上　清　仙台市太白区

浜からの風吹く夕べは二千個の便器のがれきも潮の香匂う
金野　友治　仙台市宮城野区

震災後ひたすら激務に耐えし夫退職を明日に寝顔も安らぐ
川村　昌子　名取市

砂浜に波の描ける紋様は津波に逝きし人の便りや

内海おり子　石巻市

ふるさとの桜咲く山に仮設《かせつ》住宅建ち友らこの春窓に眺むらん

飯坂　令子　宮城県富谷町

一年ぶりの修復叶いし墓石に真正面から詫びて安らぐ

小野寺敦子　気仙沼市

「想定外」「未曾有」の二語を死語とせん遺りし者のせめてもの弔

大澤　吉雄　気仙沼市

震災よりこのひと年は長からず涙に語る喪主の従妹は
高橋　和　仙台市青葉区

集落の屋敷林《いぐね》の杉は潮に枯れ見慣れし風景日日に失せゆく
桜井　忠二　岩沼市

本堂にあまたの遺骨が安置され父母も姉妹もその中にあり
内海えり子　宮城県亘理町

山の根の木々のこずえに揺れている津波のあとの漁網の切れ端
石の森市朗　石巻市

食堂のしいたけ竹の子遠方産ゆたけき山は傷ふかくあり
渡辺　信昭　宮城県柴田町

藪中に汚染の風の悲しみを抱く若竹皮を脱ぎゆく
須郷　柏　宮城県丸森町

狛犬はあの日の姿そのままに手足くだけて鎮守に眠る
千葉とみ子　石巻市

日曜日歌壇に兄の名をさがすあの日以来に永久に見つけず
大津　たか　栗原市

沈下せし散歩の道に立ち止まりポケットラジオのつまみを回す
菊地　行夫　大崎市

家や樹は逃げたかったが逃げられず逃げられたのに逃げぬ人居て
石澤よしえ　宮城県亘理町

桜咲くそんじょそこらの花でなし共に修羅見し此岸の桜
畠山　恵　気仙沼市

国会は一度は被災地の真中でやってみるべし野次など出来まい
今泉　令彰　仙台市泉区

八重ざくら咲けば若やぐこころ羞づあまたの死者の帰らぬものを
相澤　豊子　仙台市宮城野区

海辺より離れて陸へと移り来ぬ津波の後も魚屋われは
安藤　明子　気仙沼市

ふるさとの海に向いて眼を閉じぬわが終の日に浮かび来む海
渡辺　恒男　宮城県美里町

新築し仮設を去ると云う噂羨望の渦静かに廻る
島田啓三郎　宮城県山元町

地震《ち》に揺られ放射能《かぜ》に追われて竜巻《うず》に遭う敗けてられっか四人の子が居る

佐藤　好　埼玉県幸手市

すやすやと眠る嬰児《みどりご》乳母車仮設の媼等交互に覗く

島田啓三郎　宮城県山元町

泣き続けなお泣き足りぬ被災地の津波に消えし吾子を追いつつ

葉坂　修市　仙台市宮城野区

「家族」から「遺族」に変りし映像のそれでも空は春のままなり

菊池　敏　角田市

震災で間《はざま》のできた鉄骨に耐震工法と雀巣づくり

浅野　一志　栗原市

スカイツリー雲より上に高いってな俺げの田んぼは凹《へこ》んづまったに

佐藤　好　埼玉県幸手市

流されし屋敷のあとの捩《ね》じ花を掘り持ちかえる婦人を見たり

矢内　長吉　宮城県柴田町

瓦礫から顔出しそうな気が失せず死亡届を握りて今日も

葉坂　修市　仙台市宮城野区

本校に運動会の煙火音児らは間借りで走り輝やく

佐々木和子　東松島市

津波《なみ》により打ち寄せられしか玫瑰《はまなす》の一群となり花咲きて居り

阿部　和子　石巻市

訪ねあふ隣どうしもあつただらう土台のみなる更地のここに

武藤　敏子　仙台市青葉区

飯舘の生活《くらし》は幻だったのか避難の宿に手の痕《きず》撫づる

佐藤　好　埼玉県幸手市

汚染されたるまま朽ち果てん悔しさよ東北《みちのく》まとめて花一匁
佐藤　哲美　石巻市

五六台の重機が瓦礫をばっくりと吐き出す一瞬粉塵空へ飛ぶ
金野　友治　仙台市宮城野区

故郷を何処に探せばと問ひかける遺影は未だ黙して語らず
芳賀　實　仙台市青葉区

錆びつきし線路は待てり枕木とスクラムを組み復旧の日を
石澤　善明　宮城県亘理町

警察は身元不明の手助けと祈りを筆に似顔絵描く
高橋　冠　石巻市

津波引き屋敷の跡に見も知らぬ三遺体がと被災の友は
鈴木　通夫　栗原市

さわさわと貞山堀を下る舟かつての家並影一つ無く
黒野　隆　仙台市泉区

真北にも南にも史跡見ゆる野に袋詰めなる瓦礫増えゆく
岩田　裕子　多賀城市

除塩する田んぼに帳《とばり》の降りるころ瓦礫の山にほたる飛ぶ見ゆ
金野　友治　仙台市宮城野区

震災後畑に増えたるアカザ草杖は要らぬと言いつつ引きぬく
高橋　健壽　東松島市

丸森のホットスポットを告げる記事阿武隈川の流れに触れず
内海　及　宇都宮市

ぽつねんと自販機一台置かれあり海へと続く広き更地に
武藤　敏子　仙台市青葉区

雑草と呼ばれて伸びし夏草の反旗のような純白の花
林　静江　仙台市若林区

受け入れを拒否され帰り来る瓦礫人も東北を出てはならぬか
渋谷　史恵　多賀城市

ああ此所が津波犠牲者第一報となりし一帯仙台湾見ゆ
中沢みつゑ　石巻市

プリントの卒業写真被災せる級友《とも》に届ける老けしに触れず
阿部　わき　塩釜市

復旧の証か夜半に遠蛙の競いてなくを耳が喜ぶ
小野寺敦子　気仙沼市

被災地の跡をつらぬく川にしてしずかに夕の汐充ちてくる
成毛　一雄　仙台市若林区

壁一つ隔てし隣の仮設への音をおさへて食器並べむ
中山くに子　石巻市

余震未だおさまらずして盆棚は低く飾りて遺影に詫びぬ
野村しげ子　栗原市

屋根瓦崩れしままに再びの夏日に蒸れて蓬の生い立つ
小畑恵美子　多賀城市

大津波の残せし象徴《しるし》そのままに傾ぎし家は立ち直り得ず
膽澤　瀏　石巻市

我家《うち》はねぇ、波じゃないのと語るひと船と車が壊していったの
熊本　吉雄　気仙沼市

被災地に職を求めて去年今年孫励みいる言葉少なく
中山くに子　石巻市

流されて陸に上りし吾が船はがれきとなりて消えてしまえり
渡辺　利夫　多賀城市

震災を語り継ぐべき語り部は声つまらせて一瞬止める
野村しげ子　栗原市

仕分けされし瓦礫の傍えの貯水池にゆくりなく見つ水葵の花
大澤　庸子　仙台市太白区

*やんだやんだ帰って家で暮らしたい動く左手で吾の頬打つ
*「いやだいやだ」
武内　文也　仙台市太白区

茄子の実の紫紺に冴ゆる露の朝被災不明の友の訃とどく
大宮　徳男　岩沼市

車窓より見渡すかぎりのコスモスは津波襲いし街並隠す
飯坂　令子　宮城県富谷町

セシウムの検査終りて胸をはり夕餉の卓に香る新米
阿部　修久　宮城県山元町

被災地に献花の束を結へたる赤き紐のみ今に鮮やか
鎌田　一尾　宮城県山元町

秋来れば請戸《うけと》の川に鮭戻る浪江は遠し避難所《やど》に膝《ひざ》抱く
佐藤　好　埼玉県幸手市

今になつて泣けて来るのと被災せる友はひそかに涙押さへる
本郷　貞子　多賀城市

あれは何の骨組だらう残されし石碑で「雄勝硯館」と知る
武藤　敏子　仙台市青葉区

原発もアスベストさえ良き物と云われし時代ただ生きてきたり
吉田なかよ　仙台市宮城野区

途中まで道路が在りてその先は予算貰えず帰化の花のみ
菊地　啓子　多賀城市

ありし日の笑顔は永久《とわ》に忘れじと拾いし写真大きくのばす
鈴木きん子　宮城県山元町

東京さなんでも有るってほんとがな町《まづ》ぬ牛《べこ》居ねべ原発は無《ね》べ
佐藤　好　埼玉県幸手市

土台のみ残して荒れし草の中「お茶飲んでって」亡友《とも》の声する
小林　照子　石巻市

つぎつぎに遺体運びしあの隊員いずこにいるや健やかなるや
石の森市朗　石巻市

その昔白球追いし校庭の瓦礫の中に浮玉見える
松田　凡徳　仙台市泉区

関連死という悲しみは残すまい衿立てて行くカウンセリングの日
熊本　吉雄　気仙沼市

海底のガレキの中に頭部失せ衣服に包まる胴体見つかる（親戚の長兄一年八カ月目に見つけられる）
野村　良子　東松島市

放射線に立入禁止となりし山除染作業者だけの紅葉

深町　一夫　南相馬市

「がんばってます」のステッカー光るトラックの背を見送る深夜の国道

石澤　善明　宮城県亘理町

震災から１年が過ぎ、亡くなった知人のいた場所に花を手向ける。建物には傷痕が深く刻まれたまま＝2012 年 3 月 11 日、陸前高田市

2013年

悲しみは時経て深しふるさとの友眠る海冬の色となる
飯坂　令子　宮城県富谷町

ゆったりとあの天変を語る口民話のやうにやはらかく聴く
佐藤　久嘉　多賀城市

解体で声遮るは何も無し「石焼いも」は対岸なりき
高橋　健治　石巻市

海の底に親しき仲間いる限り帰れないよと頑固な夫
高橋　冠　石巻市

漬物も野菜もこの頃残るのは津波に逝きたる人の分かも

門間　千秋　　石巻市

仮の地に何時迄いるのかと花達が不安な顔して小さく咲きぬ

松田　凡徳　　仙台市泉区

廃屋を離れぬ猫に仮設より朝夕餌を運ぶ嫗よ

鎌田　一尾　　宮城県山元町

野良猫が瓦礫の山に住み付いて抱けばほんのり潮の香匂う

金野　友治　　仙台市宮城野区

きちきちと足し算のように生きてきた　店は震災でご破算だと言う
千葉かの子　仙台市宮城野区

今は無い家の鍵など捨てがたく仏壇に置く形見のごとく
千葉とみ子　石巻市

漂流物を医院のテレビに見し少女「じいちゃんもカナダにいるかも」
狩野ますみ　仙台市若林区

巻き戻すことのかなわぬ過ぐる日よ亡き娘の時計は今を刻めり
内海おり子　石巻市

田も畑も見渡す限り沼となり遺体浮く見ゆ三月十二日

金野　友治　仙台市宮城野区

流されし社殿の礎石に賽銭あり神は人々の胸に在せり

西村登喜子　大崎市

不明なるは三十八にん児童四にんもしやもしやと泥を掻き分く

内海おり子　石巻市

父母の安否も未だ、夕されば戸籍係はランタン点す

熊本　吉雄　気仙沼市

錆びしまま津波の曲げし鉄路ありひと雨ごとに草の芽萌ゆる

深町　一夫　南相馬市

デイケアで共にボランティアせし友の最後の日誌三月十日と

中沢みつゑ　石巻市

焼けて立つ灯台一基を点景に乱反射して波は早春

熊本　吉雄　気仙沼市

口重き元隊員の夜学生津波の悲惨ポツリと語る

黒野　隆　仙台市泉区

脇役に徹し働くボランティア苗字をさらり残し立ち去る
佐藤　久嘉　多賀城市

寒雀集いて来たる米倉庫　津波の開けし天井に空
深町　一夫　南相馬市

残雪の消えてあらはな川原に津波運びし流木あまた
阿部　瑞枝　多賀城市

流されし猫を言いつつ恵ちゃんは仮設に猫のぬいぐるみ抱く
高杉早智子　名取市

新居へと越して行く人見送りて仮設の居間にもどり茶を汲む
加藤美貴子　気仙沼市

震災にあまたの人を仮葬せし上品山は芽吹き初めたり
石の森市朗　石巻市

追悼式二度目迎えて新たなる悲しみの渦に引き戻されし
三浦　良喜　気仙沼市

映像にストレスあらば視るを止めよとテロップ流れ大津波寄す
伊東　光江　仙台市若林区

津波より拾いし写真を伸ばせしか隣の葬儀のぼやけし遺影
島田啓三郎　宮城県山元町

どの墓も残らず骨を流されて貧富の差無き新墓場並ぶ
島田啓三郎　宮城県山元町

大津波に行方不明となりし友いちごハウスに父老いている
小室　春雄　宮城県蔵王町

一応は瓦礫撤去となりし畑苗木植ゑんと掘れば瓦礫よ
小林　水明　仙台市太白区

離酪農を案じあぐねし友に手が差しのべられて牛と移転す
内海おり子　石巻市

夜の森の桜の光り散り始め警戒区域の扉を越える
深町　一夫　南相馬市

海の声潮のささやき波の歌更地になれど恋しふるさと
小野　英雄　仙台市青葉区

不明児童探しいるらん対岸の堤防のかげ砂けむりたつ
及川　良子　登米市

「除染」とは「移染」に過ぎずと便りくる被災の友はタイに住むとう

大宮　徳男　岩沼市

人よりも経済大事な世の中に戻りつつあり溜息をつく

黒野　　隆　仙台市泉区

除染後の土の袋を積み上げた畑に一人老い立ちつくす

大庭　良子　白石市

震災の村に祭りの幟立ち二日限りの賑わい戻る

伊東　光江　仙台市若林区

海に向き祈る遺族の写真載る下に快挙の冒険家の記事
石澤　善明　宮城県亘理町

被災せし友を慰むるすべもなし共に引揚げて来し九十歳の我等
本郷　貞子　多賀城市

仮設より出る見込みある勝組と無き負組と神は分かちぬ
島田啓三郎　宮城県山元町

被災地の近くになりて村道にならぶ土嚢の青色恐し
川上　清　仙台市太白区

漁《すなど》るにあらぬ漁師ら今日も行く瓦礫除去する底引船で
石の森市朗　石巻市

疲れてる仮設の人は疲れてる知らぬ同士の神経戦に
高橋　冠　石巻市

この春も孫来ないまま季移る線量計が「待った」をかけて
豊岡　浩一　角田市

泥つきしままのアルバム開かずに二年暮らせし仮住み終へる
小林　水明　仙台市太白区

つづまりは自己責任といふことか救命のために死するいのちも
相澤　豊子　仙台市宮城野区

被災後に初めてできた友の海苔「試作だけど」とにっこり笑う
塚田　妙　仙台市青葉区

たまらなく逢いたくなれば携帯にのこる娘の声いくたびも聞く
内海おり子　石巻市

流されし生家のあとをみざるまま夫はホームにひとりみまかる
宍戸千代子　宮城県亘理町

津波より三度目の夏植えもせぬハマナス紅く庭に咲きおり

阿部　妙子　石巻市

津波後の二夏聞かぬ蝉の声今日わが庭にミンミンの鳴く

桜井　忠二　岩沼市

請戸川また秋が来て鮭遡《かえ》る人の帰れぬ無人の町に

佐藤　好　埼玉県幸手市

海向いて数多《あまた》の鳥の啼き始む逝きし人びと目ざめくれしよ

木村　照代　仙台市泉区

あずかりし小猫はいつかママとなり除染終えたる里に帰りぬ
須郷　柏　宮城県丸森町

おお凄い津浪の後の田んぼにも見渡すかぎり黄金なみ打つ
金野　友治　仙台市宮城野区

携帯の酸素ボンベ《ボンベ》伴い三年《みとせ》ぶり娘《こ》に逢わんとぞ奥津城に来ぬ
内海おり子　石巻市

遠き日の浪江の町の思い出よ原子力讃える看板さえも
佐藤　好　埼玉県幸手市

流れ来て今年も咲きし彼岸花終の棲み処と構へたるらし

鎌田　一尾　宮城県山元町

囲めども汚染の水は漏れ出づる握れば零《こぼ》るる砂のごとくに

佐藤　好　埼玉県幸手市

いつからか山の形が変わりゆき太陽の顔が歪みて沈む

伊東　光江　仙台市若林区

指折りて数うる程の松の木の間にのぞく盛りあがる海

小畑恵美子　多賀城市

今だから云える事あり三年経ちあの日の事を胸の奥から

阿部　和子　　石巻市

夜に浮かんだ奇跡の一本松。後ろには復興工事用の巨大なベルトコンベヤーのつり橋＝2013 年 12 月 25 日、陸前高田市

2014年

街は消え荒野の果つる海辺まで泡立ち草の黄なるさざ波
本間　陽子　石巻市

千日の月日は長し避難所の生活《くらし》に耐えし吾が身衰う
佐藤　好　埼玉県幸手市

三年くる瓦礫の山は消えんとす心の瓦礫未だうずたかし
佐藤　宗男　宮城県山元町

浜の雪ごうんごううんと鳴り伝い仮設の暮れは棟ごと傾ぐ
熊本　吉雄　気仙沼市

にげる時妻が走って着せくれた毛布一枚今冬《ことし》も使う

山内　亮　宮城県南三陸町

唯二人成人式へ行く背中を仮設の村は総出で送る

島田啓三郎　宮城県山元町

なき砂の浜辺だったにどの砂ももうなきはせぬ津波のあとは

安部　淳子　名取市

町ひとつ飲み込むように増えてゆく汚染水入りタンクの林

深町　一夫　南相馬市

三年経ちタンス預金の流れしこと八十路の婆のやっと話せり

小林　水明　仙台市太白区

放射線警戒区域に我を見し犬の瞳の神より優し

深町　一夫　南相馬市

震災に始めし短歌捗らぬ復興と同じ歩みというごと

安藤　明子　気仙沼市

万人の命のみ去る海の声ふと耳朶《じだ》に聞く「かにしてけろな」*

内海おり子　石巻市

*「許してくれろ」

海浜に一本残る松あるも誰も見に来ず誰も騒がず
桜井　忠二　岩沼市

吹雪く中葦原捜すボランティア津波より三年不明者二千八百余
大宮　徳男　岩沼市

汝もまたひとり生きるか寒の鴨細き水脈《みお》ひき瓦礫川ゆく
大宮　徳男　岩沼市

水溜りの夕日は消えて津波《なみ》去りし町を星空頼りに去りぬ
川上　清　仙台市太白区

震災を風化させてはならぬとか観光バスからデジカメさげて

後藤　善之　気仙沼市

二階よりヘリに拾われ雪の夜の避難飛行すあれから三年

中山くに子　石巻市

あの日から更地そのまま雪とけてぽつり置かれしひとやまの砂利

三浦　恭夫　多賀城市

カメラ好きの甥が撮りにし母と自《し》の写真は遺影となりて並びぬ

渡辺　恒男　宮城県美里町

原発の元気なころの新聞を人目を避けて仮設に開く
佐藤　好　埼玉県幸手市

震災は境界線をも狂わせて測量士らの仕事ふやせり
桜井　忠二　岩沼市

街行けば震災いたみ半旗見ゆ何も変らずもう三年に
及川　綾子　宮城県柴田町

復興に削がれし山肌を癒すがに雪降りしきる重機の休日
石澤　善明　宮城県亘理町

避難解除準備区域の夜の火事炎の中に狛犬立てり
深町　一夫　南相馬市

漠漠たる郷の閖上一巡し兄の柩は荼毘所へ向かう
須藤智恵子　仙台市太白区

笹舟で何時かは岸に辿り着くそんな気でおる仮設暮しは
島田啓三郎　宮城県山元町

本日もみなし仮設は異常なし斯くて非常は日常に着く
熊本　吉雄　気仙沼市

孤独死が仮設村より又一人媼がチワワを残して逝きぬ
島田啓三郎　宮城県山元町

3・11独りとなりしをさな友三年まだきに逝きてしまへり
中村　昇　仙台市泉区

道路のみキレイに残りし町並みは白骨化した死体のようだ
橋本　祐二　仙台市宮城野区

仮設に住む知人の声の弾みをり若布作業で休みも無いと
早坂　保文　仙台市青葉区

瓦礫の山五十人体制の手選別八十路の友も働き来たり
松川　友子　石巻市

震災を経て選びしは消防士孫の入校式をじっと見つむる
中山くに子　石巻市

復興の大義の裏で山は哭く山肌削がれ赤土哀れ
塩沼　俊美　宮城県丸森町

いまはただ土盛られたる実家《いえ》の跡いづれ堤防の一部とならむ
中沢みつゑ　石巻市

ここまでは津波の来ぬと思いし夜迫り来る水を照らす月あり

松川　友子　石巻市

介護されやっと主《あるじ》と認めしか被災犬改め我が家の「ジャック」

鈴木セイ子　宮城県山元町

この先も被災の土地で生きゆくを「過疎指定」の言葉は重き

齋藤　友江　気仙沼市

流されて駅舎の柱だけ残り見えざる人が自由に行き交う

伊東　光江　仙台市若林区

被災後の三年余りの仮設より今日は引っ越す少し切なく
安藤　明子　気仙沼市

『地津震波《じつしんぱ》』朝刊に見て入手せり千年先まで繋がる書物
木村　譲　石巻市

海風に流されつつも飛ぶ蝶の瓦礫の山を越えんとしたり
深町　一夫　南相馬市

天国へまだまだ行かぬと云う妻に吾畏まりオムツを替える
島田啓三郎　宮城県山元町

時経ても支援の人の横顔がふと浮かびくる五月の街は
塚田　妙　仙台市青葉区

津波にて逝きし娘《こ》のにおい消えぬよに残りしコロンふる「石ケン」の香り
我妻　栄子　多賀城市

津波にて骨なき墓を祀りたる小村四戸に山百合の供花《くげ》
須郷　柏　宮城県丸森町

防護服ダイエットにいいいと原発で働く若きのジョークが刺さる
中松　伴子　宮城県蔵王町

*「何すった」「見だらわがっぺ」臍曲り仮設村にも一人居ります
島田啓三郎　宮城県山元町
*「何した」「見たらわかるだろう」

外来種の店がにょきにょき生えてきて更地占拠し町は二度死す
熊本　吉雄　気仙沼市

ふるさとの桑の実色の夕暮れの壊れしままに原発灯る
深町　一夫　南相馬市

羚羊《かもしか》は名取の丘に頭を並べ閖上の海見つめておりぬ
斉藤　栄子　仙台市太白区

飯舘へ辿る山道　百合の花　遙かなれども瞼に揺れる

佐藤　好　埼玉県幸手市

いつも会ふ震災犬とふ黒き犬のひとみのあをく海澄む色せり

畠山みな子　仙台市泉区

沿岸に黒き土嚢《どのう》が仁王立ちさらちの街のなにを守らん

木村　譲　石巻市

三年《みとせ》待ち地元のホヤに出合える日殻を捌きて海をかみしむ

齋藤　友江　気仙沼市

汚染土は黒い袋に詰め込まれ裏の空地に留まりており
石澤よしえ　宮城県亘理町

秋来れば地底に埋もる閖上の我が家の跡に盆の火揺らす
佐藤　好　埼玉県幸手市

山を切り高台移転せむといふ豪雨に崩るることなどなきや
石の森市朗　石巻市

逃げ遅れ一家絶えしか四度目の盆は来れど墓の荒るるは
庄司　邦生　石巻市

この世にもあんな地獄があるんだね三年半過ぎまだ瞼《め》に残る
津田　調作　石巻市

年ごとに二、三度は来し物売りの見えずなりたり震災の後
庄司　邦生　石巻市

津波《なみ》により更地となりし墓地跡にここらあたりと花を供える
阿部　和子　石巻市

「母がまだ帰ってこない」と友が泣くここにもひとりあの日のままが
大友　英子　仙台市宮城野区

男来る戻り鰹をぶら下げて地に滴れる三陸の海
土屋かおる子　石巻市

逝きし人行方不明者帰り来よ海鞘《ほや》の匂いのふるさとの地へ
木村　照代　仙台市泉区

仮設より新居に移りし友語る「どこに住んでも独りは独り」
奥田　和衛　東松島市

更地なか津波が残した竹やぶで笹子鳴きしと友に知らさる
佐藤　好　埼玉県幸手市

津波にて行方不明となる娘を探しつかれて今宵も眠る
中森明日香　気仙沼市

原発の肯定否定が混ざり住む町の総てがセシウム被る
佐藤　好　埼玉県幸手市

津波より残りし父の大漁旗今は吾が家のカーテンとなり
中森明日香　気仙沼市

震災に写真はすべて失えど夢にし見ゆる青春の日々
庄司　邦生　石巻市

震災から3年の日に墓碑を訪ね、亡くなった人の名前を手でなぞって涙ぐむ＝2014年3月11日、宮城県南三陸町

2015年

「ありがとう」感謝の言葉シャツに描き息子手を振り神戸を走る

佐藤　武男　仙台市若林区

東京の高層ビルを見て思ふいつか瓦礫の山となるのか

佐藤　清吉　角田市

同じ傷持ちて仮設で早四年神は勝者と敗者に分ける

島田啓三郎　宮城県山元町

元の地に杭うてる日のやっと来て嵩上げの高さあらためて知る

斎藤　昭子　気仙沼市

山を裂き田んぼを潰し道造る山や田の神お許し給え
高橋　冠　石巻市

ふるさとの除塩農地は深々と重機の痕跡《あと》を消して雪暮れ
佐々木和子　宮城県松島町

「がんばろう」気づけば誰もいなくなり立ち竦むわれに木枯しの吹く
小畑恵美子　多賀城市

「ほんたうは生きて居たよ」とシャレ言つてひよいと帰れよあなたも母も
田中　勢津　仙台市太白区

震災の時刻とどめし大時計中学校は廃校となる
平塚　有子　東松島市

天心に一痕の月原発を照らし寒気のいよよ鋭し
庄司　誠之　仙台市宮城野区

この中に家族亡くせし人おるか確かめてから談笑始む
島田啓三郎　宮城県山元町

除染へと向かうトンネル越えゆけば電話ボックス雪を灯せり
深町　一夫　南相馬市

ふるさとの新成人は七十五　津波で逝きし二人を引かず
大坂　瑞貴　宮城県女川町

赤錆びて電車の来ない線路行く被災より四年消えゆく故郷
大宮　徳男　岩沼市

「もう前を向いてお母さん」二つの遺影が笑顔で叱る
我妻　栄子　多賀城市

復興の未だとどかぬ裏町の日陰にのこる津波の臭ひ
石の森市朗　石巻市

忘れじと太鼓が響く被災地に子らが引き継ぐ古里の音
山川　昇　仙台市青葉区

彼の日より三年過ぎても我が夫《つま》はいづこに在《おは》すか未だ還らず
村松てい子　仙台市泉区

見渡せば廃校のみがぽつねんと津波の跡の枯れ野に立てり
鎌田　一尾　宮城県山元町

五年目の被災者集う片隅で「毎日泣くの」と老女つぶやく
千葉かの子　仙台市宮城野区

被災地で結婚をしたボランティア二人で復興の後押しをする
富谷　英雄　大船渡市

ただひとつ生き残りいる自販機のコーヒーから朝はじまる除染
深町　一夫　南相馬市

復興を担う様にて地元銘酒の二つの蔵より湯気立ちのぼる
安藤　明子　気仙沼市

被災者の宅地予定地に古墳出て教授ら今日も刷毛で土掃く
島田啓三郎　宮城県山元町

胸に残る星美しき夜二つ母逝きし日と震災の日と
林　静江　仙台市若林区

いつせいに星になりたるあの夜の満天の星永遠に忘れじ
柳尾　ミオ　仙台市泉区

島捨てしわれを捨てゆくひと多し震災四年ひびく晩鐘
小野　英雄　仙台市青葉区

春の雪冷たさしみて下を向く思い出させるひなん所の夜
川合　杏奈　仙台市青葉区

三台の重機終日うなり上げ故郷の山の一つを壊す
伊東　光江　仙台市若林区

振り切って薬を取りに戻りたる友は還らず五年目迎ふ
二木　信子　宮城県富谷町

ぼろぼろの浜に一人の義姉くれば物品《もの》と話題と笑顔を仕入れむ
木村　譲　石巻市

地方紙を避難の友へわが妻の送り続けて四年《よとせ》となりぬ
庄司　邦生　石巻市

「夜《よ》の森」の桜並木をバスで見るバスでしか見れず散る花びらも
和田　瑞之　仙台市宮城野区

両側に仮置場見て常磐道人気なき地を突っ切り都心へ
加藤　公子　宮城県亘理町

桃畑のいろは長距離バスの窓染めてやさしき福島に入る
深町　一夫　南相馬市

三度目の仮設を移りしと友の声その後の声なき浪江の友は
千葉富士枝　石巻市

この山も伐採の後崩されて運ばれゆくか埋立て地へと
三浦　静枝　気仙沼市

津波にて流されし父母の写真をば知人に借りて遺影となせり
昆野　克恵　気仙沼市

かさ上げの防潮堤に攀《よ》じのぼり香焚く人見ゆ母の日の午後
金野　友治　仙台市宮城野区

連休の新聞の隅に震災の新たなる死者小さく載りぬ
伊東　光江　仙台市若林区

震災に父母失いし若夫婦今日はも祖母の喪主を務むる
阿部　わき　塩釜市

一番のカツオ船入りてたちまちに町に銀鱗の夏が充ちゆく
熊本　吉雄　気仙沼市

四年目の期待のホヤは貝毒と漁民も吾も萎れるばかり
安藤　明子　気仙沼市

家々の跡に雑草《あらくさ》生いしげる土地の広ごり海につらなる
庄司　邦生　石巻市

はなれつつ小鷺の歩む水田は津波の去りし海まで続く
深町　一夫　南相馬市

津波に耐へし柿の木花を咲かせをりもう戻らぬと決めしこの地に
平塚　郁子　東松島市

ようやくに嵩上げなりたる道行けば土地勘薄し余所者のごと
斎藤　友江　気仙沼市

五年目の海はしずまり光りいて人らなつかし永遠《とわ》に碑の人
渡辺　恒男　宮城県美里町

這いあがり改築終へし同級生きのう逝ったと病床に聞く
木村　譲　石巻市

四年経て未だ還らぬ夫《ひと》なれど終《つい》の棲家に遺影を飾る
村松てい子　仙台市泉区

野馬追の朝のはじまる行列に壊れしままの町よみがえる
深町　一夫　南相馬市

被災後のビル解体をさびしめど思わぬところに里山見えくる
安藤　明子　気仙沼市

大津波に追われて移住せしまちの月を見ている三十六階

石の森市朗　石巻市

防潮堤高くつづきて海みえぬ無人の駅にひとり降り立つ

薄井慈恵子　多賀城市

穏やかな叔父も電話の荒っぽく相馬野馬追ぜひ見に来いと

大内　晋次　角田市

整然とあまたの新車荷揚げされ仙台港は夏の陽に照る

針生　暁美　仙台市若林区

堤防に立ちて媼が一人言「おら家の馬鹿野郎まだめえね*」
島田啓三郎　宮城県山元町
*「まだ見えない」

「被災地に戻って家を建でっかな*」未だ迷いて仮設の老友《とも》は
奥田　和衛　東松島市
*「建てようかな」

津波跡ようやく実るハマナスに中間貯蔵の除染土迫る
深町　一夫　南相馬市

仮設にて戦場知るは吾一人テレビで安保の行方見詰める
島田啓三郎　宮城県山元町

からっぽのコンビニモノクロの園舎解除間近き高線量区
深町　一夫　南相馬市

背の丈を超す月見草押し分けて路肩刈りゆく除染のチーム
深町　一夫　南相馬市

其方此方《そちこち》に裂傷のごと拓かれて故郷の山は街となりゆく
伊東　光江　仙台市若林区

釣り竿を出してはしまふ震災後四年過ぎるもいまだためらふ
畠山みな子　仙台市泉区

虚しさが増すだけなのについ足が実家《いえ》の跡地に引き寄せらるる
中沢みつゑ　石巻市

折々は遺影といえど父母《ちちはは》に会いたきものを津波が奪いぬ
渡辺　恒男　宮城県美里町

恋しかり深沼海水浴場の人波さざ波黒松林
橋本　祐二　仙台市宮城野区

東風《あい》吹けば鯨《いさな》の町に立つ霧に妻と濡れつつ仮設舗めぐる
大友　榮　仙台市若林区

明けまだき鋏の音のひびききて除染解除の甘柿出荷
須郷　柏　宮城県丸森町

声高に断捨離などと言ふなかれすべて流せし人あまたをり
平塚　郁子　東松島市

幾千のみ霊抱きし深き空月白々と更地を照らす
三浦　静枝　気仙沼市

慰霊碑に頬をすり寄せ泣く人を宥める如く霧笛が鳴りぬ
金野　友治　仙台市宮城野区

被災地の集団移転の新町を祝ひてあがる冬の花火は

石巻市　石の森市朗

山頂の鎮魂の鐘打ちたれば津波の更地は谺返さず

角田市　大内　晋次

今日発つと窓より鹿に声かけて仮設の生活終りを告げる

石巻市　石の森市朗

こどもの日を前に青いこいのぼりが空を舞う。その数は700。犠牲になった子どもたちの霊を慰めようと増え続けている＝2015年4月29日、東松島市

2016年

チャリンコで浜辺に来ては酒を呑み防潮堤でわめく人あり
金野　友治　仙台市宮城野区

穏やかな野蒜湾に立つ朝霧は沈みし人らの息吹のごとし
飯坂　令子　宮城県富谷町

五年目を迎える不明の義姉の霊《たま》消滅したるや夢にも顕たず
渡辺　恒男　宮城県美里町

慣れてなお除染のマスク息苦し水木の冬芽あかき青空
深町　一夫　南相馬市

公営住宅に入りたる嫁がつぶやきぬ「夫、義母おらぬは仮設と変わらず」
渡辺　恒男　宮城県美里町

三日前在宅介護を契約し妻は安堵し次の日逝きぬ
島田啓三郎　宮城県山元町

朽ちし店空家空地の路地曲がり青信号で深く息吸う
大内　晋次　角田市

家並も人影も無く枯木立寒灯ひとつ海を照らせり
佐藤　静枝　宮城県山元町

復興地どこも恵方やいしのまき妻と互いに見合いて食らう

木村　譲　石巻市

なんだかね自分もガレキになっちまった　ガレキはガレキを片付けられない

熊本　吉雄　気仙沼市

五年前のあの日あの時も雪を見た大川小の児には最後の

橋本　祐二　仙台市宮城野区

震災に貰い来し同じ水煮立て湯たんぽ作りくれし子らたち

高橋　文子　大崎市

海の街は海見えてこそ海の街防潮堤はほどよき高さに

菊地　治雄　登米市

妻逝きて五尺の身体壺の中孫に抱かれて火葬場を出る

島田啓三郎　宮城県山元町

五年経《た》ち遺品も何もないけれど会話の中には出てくる妻の名

山内　亮　宮城県南三陸町

憚りてあの日の事は云い出せず五年の月日無為に過ぎたり

阿部　和子　石巻市

湯を容れたペットボトルを今は亡き義母《はは》に抱かせし三月あの日
菅原小夜子　登米市

校庭の除染を終えしキャタピラの影なお重き五年の月日
深町　一夫　南相馬市

津波にて果てし息子への仏飯を冬の雀に老夫婦与ふ
及川　良子　登米市

五年経つ我家に曾孫生まれけり娘孫らの身代わりなりや
武川　實　石巻市

崩される山あれば又山と化す田畑がありて変る故郷
大庭　良子　白石市

移住することを祖霊に告げなむと墓石の雪を妻とはらひぬ
石の森市朗　石巻市

海を見てひと日はじまる浜びとに閉ざすがごとく高き防潮堤
渡辺　恒男　宮城県美里町

来年も震災還付のありますとわづかに戻る五年目申告
木村　譲　石巻市

原発を巡る息子《こ》の勤務地「六ケ所村《ろっかしょ》」とふ憂ふも庭に福寿草咲く
飯坂　令子　宮城県富谷町

五年前夢中で逃げし登り坂今日はゆっくり海見て下る
島田啓三郎　宮城県山元町

流されし実家の跡は更地なり一四四番地どこへ行った
斉藤エイコ　気仙沼市

九十の吾が転べばたんぽぽはすぐ眼の前で頑張れと云う
島田啓三郎　宮城県山元町

まだ建たぬ全壊家屋の庭先に黄のクロッカスそちこちに咲く
佐藤　武男　仙台市若林区

ふるさとに仙石線の停車駅ドア開く度海の香入り来る
飯坂　令子　宮城県富谷町

五年経つ、ただそれだけのことなのにぞわぞわざわり息が苦しい
熊本　吉雄　気仙沼市

記したるあの日の日記一行は「神様これはあまりに酷い」
高橋　明　仙台市青葉区

海原に夕陽が沈む赤々と一瞬照らす津波廃屋

黒野　隆　仙台市泉区

被災地の放映おおかた夕餉どき涙混じりし味噌汁すする

飯坂　令子　宮城県富谷町

事故から5年近くが過ぎた福島第1原子力発電所。汚染水をためたおびただしい数の貯蔵タンクが並ぶ＝2016年2月11日

お正月、初日の出に手を合わせる家族連れ。赤ちゃんの目には何が映ったのだろう＝2016年1月1日、福島県楢葉町

夕暮れにたたずむ仮設住宅(手前)。向こうに復興途上の街並み、そして太平洋が見える
＝2012年12月、石巻市

あとがき

花山　多佳子

震災から五年を経た今年、「震災歌集」が編まれることになった。一年目、二年目でなく五年目であることの意義は大きいように思われる。この五年「河北歌壇」で震災の歌は途絶えることなく歌い継がれてきた。これだけ多くの人が自分の日常の中から震災を歌い続けてきたことに圧倒される。

掲載される歌は一首一首であっても、投稿し続けることで、自ずと一人の作者の生活や思いの軌跡が浮かび上がってくる。震災後の復興の状況も日を追って具体的に伝わってくる。復興をよろこぶ気持ち、複雑に思う気持ち、いっそう辛《つら》くなることもある現実、一様でないさまざまな思いが掬《すく》い取られるのが短歌であろう。

震災を契機に短歌を始めたと思われる人もかなりおられる。また一首のみ辛い歌を投稿される人も何人もおられた。家族を亡くされた思いを一首に託して。一、二年目にはまだ歌えなかったことが、ようやく歌になる。辛い歌ほどあとになって出てくるのである。また福島から避難された方も投稿されている。短歌という詩形が、たとえ直後でなくとも、いつかどこかで心の支えになることを感じさせられたのである。そして「河北歌壇」という場が受け皿になっていることをうれしく思う。

「河北歌壇」の選者になって、私はこの欄に三陸の海辺の日常の歌が多いことに注目するようになった。日本は島国であるのに、現代の短歌には意外に海の歌が少ないと思っていたのである。あの三月の震災の直前に、私が特選に採った歌もたまたま大船渡、気仙沼の方の歌であった。三月十二日付の紙面に載る予定だった歌である。

ゆつたりと二隻揃《そろ》ひて綱をひくいさだ漁なりかーんと蒼空　大船渡　増田　邦夫

水揚げの朝のラッシュも静もりて覆いしシートはためきており　気仙沼　尾形みつ子

「いさだ」はオキアミの一種で「いさだ漁」は三陸の春を告げるもの、と検索して、その様を思い描いた。また、かつて訪れた活気ある気仙沼港をイメージしながら二首目を読んだ。東北にようやく春が来る。その直後の震災。

「河北歌壇」は三月六日から中断され、五月一日に再開された。投稿はいつから受け付けされたのかわからないが、そこにはどっと、ほぼ全て震災の歌があふれていた。

こういうとき歌の選をするとは、選ぶとはどういうことなのか、どんな立場でそんなことが出来るのか、そのまま全部載せるべきではないのか、何とも整理しがたい思いだった。同時に誰と誰が出してきているか、出してきていない人は無事なのか、ということが気になり、怖かった。しばらくは、それを確認していくような選歌でもあったのだ。本人は無事でも、縁者、家族、友を喪《うしな》った人も多くおられたのも、しだいに歌でわかってきたことだった。

さまざまな誌面にもすでに震災の歌はあふれてきていたが、その印象に比べると、被災地である河北歌壇の歌は当初より声高でなく、ささやかで日常に即したものだった。その土地で暮らしてきて、震災後の日常を生きる人たちの歌である。それはこの歌壇の大きな特徴であろう。だからこそ残る、と信じる。

これからも震災の歌は続くだろう。五年目で何も終わってはいない。区切りなどはないのだ。

箕田　朗子……18
みやちちえこ…37、45
武藤　敏子……10、37、97、100、106
村岡美知子……16、26、47
村松てい子……152、160
森　　葉子……13
門間　千秋……71、112

【や行】

安田　貞夫……11、54、65
矢内　長吉……9、96
柳尾　ミオ……154
山川　　昇……152
山田　庸備……9
山内　　亮……23、33、65、80、130、171
山家　洋子……78
湯沢　睦茂……17、51
横山みわ子……36
吉田　協一……22、45、61
吉田なかよ……41、76、106
米倉　信子……38

【わ行】

我妻　栄子……140、151
和田　瑞之……28、156
渡辺　恒男……14、16、42、49、67、77、94、133、159、164、168、169、173
渡辺　利夫……104
渡辺　信昭……21、85、92

橋本　祐二……136、164、170
畠山　正博……18
畠山みな子……22、53、78、87、142、163
畠山　　惠……93
土生　博子……33
早坂佐智子……8
早坂　保文……38、55、74、136
林　　静江……15、68、101、154
針生　暁美……161
半澤　里子……31
平島　祝子……59、88
平塚　有子……150
平塚　郁子……159、165
深町　一夫……86、109、115、116、119、130、131、135、139、141、150、153、156、159、160、162、163、168、172
藤原　　賢……14
星川　滉一……70
星　　三男……28
堀田　眞澄……12
堀井　　廣……14、31、60、68
本郷　貞子……106、121
本間　陽子……129

【ま行】

増田　邦夫……51
松川　友子……59、137、138
松田　凡徳……108、112
松原　悠子……46
三浦　静枝……157、165
三浦　恭夫……68、85、133
三浦　良喜……117
三角　清造……13

玉田　健一……30
千葉かの子……34、35、44、55、113、152
千葉　修子……24、66
千葉とみ子……92、113
千葉冨士枝……156
塚田　　妙……123、140
津田　調作……46、53、144
土屋かおる子…145
照井眞知子……24、25、45、49
富谷　英雄……153
豊岡　浩一……83、122

【な行】

中居　光男……52
中沢みつゑ……19、48、59、73、77、101、115、137、164
永澤よう子……11
中津川シゲ子…86
中松　伴子……140
中村　　昇……64、66、136
中森明日香……146
中山くに子……69、81、102、103、133、137
成毛　一雄……102
二木　信子……155
西村登喜子……13、16、17、38、114
二ノ神武志……62
根本由紀子……12、41
野村しげ子……16、21、102、104
野村　良子……32、108

【は行】

芳賀　　實……98
葉坂　修市……95、96

柴谷　芳秋……40、52、83
渋谷　史恵……8、15、27、67、101
渋谷　康子……19
島田啓三郎……31、32、36、40、43、47、50、62、65、73、75、94、95、118、121、130、135、136、139、141、148、150、153、162、169、171、174
島袋　常子……45、59
庄司　邦生……22、24、25、39、42、47、143、144、146、155、158
庄司　誠之……23、66、74、83、84、150
菅原小夜子……172
杉山　啓治……58
須郷　　柏……63、76、80、92、125、140、165
鈴木きん子……107
鈴木セイ子……55、69、78、138
鈴木　通夫……99
須藤智恵子……11、32、135

【た行】

高杉早智子……116
高野　和子……60
高橋　　明……175
高橋　　和……91
高橋　　冠……84、86、99、111、122、149
高橋　健治……111
高橋　健壽……100
高橋とし子……69
高橋　友行……54
高橋　文子……64、80、170
高橋　岑夫……20
武内　文也……104
武川　　實……172
田中　勢津……149

小室　春雄……118
小山冨太郎……60
昆野　克惠……70、75、83、157
金野　友治……57、60、70、89、98、100、112、114、125、157、
165、168
今野　了介……44

【さ行】

斎藤　昭子……148
斉藤　栄子……29、141
斉藤エイコ……174
齋藤　友江……138、142、159
坂下迦代子……29、87
桜井　忠二……10、21、39、81、82、85、91、124、132、134
佐々木和子……86、97、149
佐々木隆子……55、81
佐々原幸子……53
佐藤　清吉……30、148
佐藤　　繁……11
佐藤　静枝……169
佐藤　武男……148、175
佐藤　哲美……98
佐藤　時雄……81
佐藤　久嘉……35、40、79、111、116
佐藤　博子……54
佐藤　宗男……79、129
佐藤　　好……37、50、89、95、96、97、106、107、124、125、
126、129、134、142、143、145、146
沢村　柳子……10、28、57、58
塩沼　俊美……137
宍戸千代子……123
雫石くら子……15

【か行】

勝田　　信……43、76
加藤　公子……156
加藤たろう……67
加藤ちかさ……23
加藤美貴子……82、117
上遠野節子……73
金子武次郎……51、53
狩野ますみ……26、32、33、34、113
鎌田　一尾……36、58、82、84、105、112、126、152
川合　杏奈……154
川上　　清……89、121、132
川村　昌子……89
菅野　玲子……15
菊地　啓子……107
菊池　　敏……39、56、95
菊地　治雄……171
菊地　行夫……93
菊地　　亮……8、64
北沢　松子……27、28、31
木村　照代……124、145
木村　　譲……25、35、49、139、142、155、160、170、173
工藤　幸子……12、13
熊谷たかよ……26、27、48
熊本　吉雄……103、108、114、115、129、135、141、158、170、175
栗原みな子……35
黒野　　隆……99、115、120、176
河野　大地……82
児玉ちえ子……9、69
後藤　善之……133
小林　水明……78、118、122、131
小林　照子……107

薄井慈恵子……20、161
内海えり子……91
内海　　及……68、100
内海おり子……38、47、87、90、113、114、119、123、125、131
遠藤　克子……63
遠藤　富男……24、61、75
及川　綾子……134
及川やよ子……79
及川　良子……70、119、172
大内　晋次……73、75、161、166、169
大坂　瑞貴……151
大澤　庸子……10、104
大澤　吉雄……57、76、88、90
太田　俊彦……8、50
大津　たか……92
大友　英子……27、48、80、144
大友　　榮……164
大友みつ江……40
大庭　良子……12、120、173
大宮　徳男……22、25、36、37、39、46、51、64、85、105、120、132、151
尾形みつ子……21、56
奥田　和衛……145、162
小野　寛明……30
小野寺敦子……41、61、90、102
小野寺健二……18
小野寺典子……62
小野寺洋子……19、34
小野　英雄……119、154
小畑恵美子……34、74、103、126、149

人名索引(50音順)

【あ行】

相澤　豊子……43、88、94、123
浅野　一志……96
阿部　和子……42、63、97、127、144、171
阿部　敬子……44
阿部　修久……20、29、54、79、105
安部　淳子……130
阿部　妙子……14、124
阿部　岳人……62
阿部　瑞枝……29、116
阿部　わき……56、65、67、101、158
天野　良子……9、17
荒井千鶴子……50
安藤　明子……23、66、84、94、131、139、153、158、160
飯坂　令子……41、77、90、105、111、168、174、175、176
膽澤　　瀏……103
石川　初子……18
石澤　善明……98、109、121、134
石澤よしえ……74、93、143
石の森市朗……17、19、26、30、33、42、43、44、48、52、57、58、63、88、91、108、117、122、143、151、161、166、173
石橋　睦子……56
伊藤　俊雄……49、61
伊東　光江……117、120、126、138、155、157、163
今泉　令彨……93
岩片　啓子……20
岩田　裕子……99
岩渕　安正……46、52
岩間　初代……77

佐藤　通雅（さとう・みちまさ）
● 1943年、奥州市生まれ。
●東北大教育学部卒。宮城県内の公立高校教師（国語）を務める。66年に文学思想個人誌「路上」を創刊。歌集に『強霜（こはじも）』『昔話（むがすこ）』など。1989年から河北歌壇選者を務めている。
●仙台市青葉区在住。

花山　多佳子（はなやま・たかこ）
● 1948年、東京都生まれ。
●同志社大文学部卒。在学中に「塔」短歌会に入会。現在「塔」選者。歌集に『樹の下の椅子』『草舟』、歌書に『森岡貞香の秀歌』などがある。2004年から河北歌壇選者を務める。
●千葉県柏市在住。

震災のうた
1800日の心もよう

発　行　2016年8月7日　第1刷
編　者　河北新報社編集局
発行者　沼倉　良郎
発行所　河北新報出版センター
〒980-0022
仙台市青葉区五橋一丁目2-28
河北新報総合サービス内
TEL　022(214)3811
FAX　022(227)7666
http://www.kahoku-ss.co.jp
印刷所　山口北州印刷株式会社

定価は表紙に表示してあります。
乱丁、落丁本はお取り替えいたします。

ISBN　978-4-87341-350-1